Marina

MARCO LUCCHESI

Marina
2023 © Marco Lucchesi

Edição: Leonardo Garzaro e Felipe Damorim
Arte: Vinicius Oliveira e Silvia Andrade
Revisão: Miriam Abões e Ana Helena Oliveira
Preparação: Lígia Garzaro

Conselho Editorial:
Felipe Damorim, Leonardo Garzaro, Lígia Garzaro,
Vinicius Oliveira e Ana Helena Oliveira.

Dados Internacionais de Catalogação na Publicação (CIP)
(Câmara Brasileira do Livro, SP, Brasil)

L934m

Lucchesi, Marco
 Marina / Marco Lucchesi. – Santo André - SP: Rua do Sabão, 2023.
108 p.; 12,5 x 18 cm

 ISBN 978-65-81462-18-5

 1. Romance. 2. Literatura brasileira. I. Lucchesi, Marco. II. Título.

CDD 869.93

Índice para catálogo sistemático
I. Romance : Literatura brasileira
Elaborada por Bibliotecária Janaina Ramos – CRB-8/9166

[2023] Todos os direitos desta edição reservados à:
Editora Rua do Sabão
Rua da Fonte, 275 sala 62B - 09040-270 - Santo André, SP.

www.editoraruadosabao.com.br
facebook.com/editoraruadosabao
instagram.com/editoraruadosabao
twitter.com/edit_ruadosabao
youtube.com/editoraruadosabao
pinterest.com/editorarua
tiktok.com/@editoraruadosabao

Marina

MARCO LUCCHESI

ao verde de teus olhos
que Giotto e Portinari não souberam.

I am a blackstar.

— David Bowie

*As coisas continuam a existir, eternamente,
tal como o sol depois do ocaso.*

— Emanuele Severino

Um corpo em fuga

1.

A correspondência entre Marina e Celso remonta à década de 1990. Interrompida, não sei por qual motivo, foi retomada anos depois.

Poética da dissonância. Encontro e dispersão. Talvez amor, que em toda a parte está, mas não se encontra em parte alguma. Amor, que morre ao traduzir-se e quando morre, se traduz.

As cartas tangenciam o inefável. Dizem bem mais do que parece. Reclamam intensa participação.

A síntese, portanto, era um dever. O lema foi: cortar e organizar.

Mais de cem páginas perdeu o livro. Queria que as cartas falassem por si mesmas. Guardado, ou esquecido, o manuscrito, dentro de dois arquivos de papel: com recortes de jornal, fotos e postais.

Anos (e páginas) depois, a trama da linguagem e a estrutura mudaram a ideia original. Passou de romance a novela.

O núcleo duro permanece. Apenas o olhar essencial. Solos, duetos, saltos e lacunas. O narrador desaparece.

As cartas abrem um espaço descontínuo, onde se abrigam os luzeiros da palavra num atlas celeste. Pequena aurora dos filósofos.

Nenhum olhar a menos. Vasos de violeta na varanda.

Baleias.

Bicicletas.

E o corpo feminino em fuga.

Essas cartas precedem o fim do mundo.

E não se dispersaram, rebanho sem pastor, em meio aos lobos.

Passavam de duzentas, manuscritas: brancas outrora, cheias de frescor; hoje, tão pálidas e semimortas. Soubesse, enfim, como sobreviveram. Outro endereço, o nosso, outro destino. Inúteis cartas, parasitas do passado.

Palavras que não fazem mais sentido. Assim como não faz sentido o fim do mundo.

Fruto de um tempo que a morrer se nega. E que, ao negar-se, morto já se encontra.

Só quero me livrar de um corpo inútil.

Guardadas numa caixa à prova de umidade, a defender-se dos ventos do Atlântico, as cartas não saíram do lugar. Plantadas no vazio, não deram sombra ou fruto.

Gozavam de abandono, quase religioso, como as ruínas de um templo, cujos deuses não salvam, mas ainda assombram.

No escuro e no silêncio, as cartas ardilosas não desistem do eterno retorno da leitura.

Diálogos havidos, quase imaginários, a prolongar-se além de seus limites.

Desmancham-se, fatais, num tempo indefinido, antes da morte química da tinta e do papel. Prefiro a brevidade irrepetível a replicar-me ao infinito nessas cartas, à espera de um leitor que me desperte.

Não quero esse destino circular. Direi das cartas para destruí-las.

Mesmo porque, preso na jaula do presente, só me resta o ataque frontal ao passado.

Mas, de repente, Marina surge em meio ao nada. Na forma inesperada de um *e-mail*. Acho que foi de tarde, é quase certo. Quando trocamos de sombra, após o meio-dia.

Tarde de seios breves, que se apagam, delírio e sede, altivas árvores desnudas, puro desejo de abraçar o nada.

Folhas imóveis. Não há vento. Todos morrem nas ondas de calor: ruas vazias, casas mudas, gatos assonados. Um quadro de Dalí, em brasas, no horizonte.

A carta de Marina arranha o azul da tarde, impuro e delicado, de ferro e de algodão.

Decido atravessar a maresia para alcançar as cartas na distância. Percorro solitário o corredor que vai da sala para os quartos. Uma viagem de dez metros levou décadas.

Seu *e-mail* abriu a noite da palavra.

Peso o volume da correspondência. Incrédulo, desarrumado. Não sei quando começo e onde termino.

Postais e cartas requerem um sistema. Procuro a chave que não tenho, a porta que não sei. Imprimo certa direção e melodia.

Creio na inteligência do processo. Vejo-me, dentro dele, como parte, refletido.

Esse embaçado espelho diz quem fui. Não sabe coisa alguma do que sou. E as cartas, se não sabem, desconfiam.

Preciso de uma bússola e um compasso.

Destramo esse conjunto, guardado a sete chaves, espalho sobre a mesa o material, colinas e planícies, no chão e nas cadeiras. Indago um fio temporal, um antes e depois. O mapa das cidades invisíveis. Cada qual começa com um resumo (como Sterne e Chklovsky).

Decifro uma escritura irregular na pele do papel envelhecido.

De mim se defenderam essas cartas, mais que dos frios temporais do Atlântico. Não sei dizer o que me inspira essa totalidade. Talvez indiferença. Ou rebeldia.

Quem sabe se...

Rebanho sem pastor, tornei-me um lobo em pastos imprestáveis. Eu abocanho as presas para logo abandoná-las.

Carnificina. Ira sagrada e cega como Ájax. Mandei as cartas para o cadafalso. Pedaços, mil pedaços. Incompletos, alusivos.

As frases soltas formam naturezas-mortas.

Procuro a brevidade. Papéis guilhotinados. Incêndio e guerra fria.

As cartas deitam iodo e sal. Crescem as ondas que me arrastam para dentro. Não sinto o chão e ponho-me a nadar.

Cardumes de palavras me afastam de Marina.

As entrelinhas pedem atenção. Tão forte e perigosa a correnteza. Tudo se passa aquém da superfície. Além da zona escura do silêncio. Cada carta desvela um mundo líquido.

Acho que disse mais do que devia.

As ondas sobem, cada vez mais altas. Já não encontro salva-vidas.

Nademos, juntos.

Rádio Orfeu

1

Gatos e números. Parmênides e a morte dos relógios. Ressurreição e umidade das palavras. Naufrágio e tempestade. Arte de amortizar os juros. Leo e Pantera.

Marina, não tenho palavras! Como você chegou ao meu *e-mail*?

Fujo das mídias sociais. Já não me lembro quase de ninguém. E espero que me esqueçam por completo.

O seu regresso era de todo imprevisível. Chego quase a duvidar. Mas, afinal, quem é vivo sempre aparece. Já não importa onde e quando.

Aparece!

O que de fato conta é a ressurreição. Primícias dentre os mortos, sobreviventes do naufrágio.

Cristo levou três dias; você, 10 mil.

Tirando os fins de semana, caímos a 9.500. Fossem apenas os domingos, condizentes com a ressurreição, baixamos a 1.040.

Portanto, com todos os descontos, você levou 8.960 dias para ressuscitar.

Poderia abater pouco mais essa dívida, com juros suaves e linhas de crédito. Mas, mesmo assim, a cifra é muito alta.

Não importa saber quem se ausentou. De mais a mais, não houve culpa ou dolo. O silêncio é um legítimo direito da defesa.

Passaram-se vinte anos e dois gatos desde a última carta. Perdi a conta dos relógios que morreram.

O tempo corre vagaroso. Depois desaba, como um caçador, obcecado em liquidar a presa.

Leo e Pantera caíram no vórtice. Os gatos se abreviam. Puxam mais rápido o novelo dos minutos.

Já não se apresse tanto. Há muito que dizer. Temos todo o tempo do mundo.

Homens e gatos são eternos, desaparecem como o sol poente. Mas depois regressam. Tornei-me um leitor de Parmênides.

Sua mensagem trouxe úmidas palavras. Sem ritmo, quase ofegantes. Vou estendê-las no varal.

Aparecer é um compromisso metafísico. Bem sei da gravidade que me cabe.

Minha voz se agasalha no vazio. Selvagem, em rebeldia, foge de mim. Não sei exatamente o que dizer.

Pudera!

Jamais falei com um ressuscitado.

2

Perigo de afogar-se na praia. Entra em cena um pastor-alemão. Estratégia de combate aos cupins. As ondas altas exigem cuidados. Uma pátria no quintal. Cansado, alta madrugada.

Não para de chover, e as frases custam a secar, pedem mais tempo.

Meu pastor-alemão corre na praia. A mesma praia que quase te levou e, ainda hoje, insiste em seduzir-me.

Não tenho guelras nem escamas. Mal sei nadar em tanto azul.

Ando nas rochas, acima do cinturão das algas. Mergulho quando é escassa a correnteza.

Um belo dia quase me fui na onda de seis metros. Eu me livrei a muito custo. Um sonho breve que o sal interrompeu. Vantagem provisória...

Cedo ou tarde afogados, no vórtice dos homens e dos gatos. Para depois voltarmos (?), iguais ou diferentes.

Inclua no vórtice também os cães de guarda.

Vivo em guerra contra os cupins, salvo algum raro intervalo de paz. Batem-se os livros, como heróis. Mesmo feridos, não se entregam.

Só as cartas ficaram intatas. Desprezadas até pelos cupins.

Tenho um país no meio do quintal: damas-da-noite, alecrim, hortelã.

Notícias do Brasil?

Uma colônia de saúvas. Mas o país há de ficar de pé. E logo voltaremos a sonhar.

Ando cansado de falar de política.

Carece de sentido. É madrugada.

3

Programas de rádio. A lei de Newton. Uma pitada de marxismo. Sistema de defesa. Obsessão do tempo. Chovem gatos e cachorros. Estilo diversionista. Parece dizer outra coisa.

Sentinelas da Rádio Tupi: 38 graus, chuvas esparsas, índios mortos e a Amazônia devastada. Veja a que ponto... Manicômio a céu aberto.

Convenhamos, odeio esse calor.

Mudei muito, Marina.

Antes bastava um sinal, e o mundo me tomava pelas mãos.

Eu coleciono precipícios. Conheço a arte da queda.

Ao que me resta de ilusório, mostro os dentes. Mandei construir baluartes, pontes levadiças.

Minha cadela foi-se, idosa. Olhos castanhos e sagazes, o coração abandonou-a.

Vive num mundo paralelo e adere a meu exílio indefinido.

Vem, afinal, a tempestade da Tupi. Chove a cântaros, *cats and dogs,* terra sedenta, quase em agonia.

Presa da escuridão, o dia anoitece.

Dentro do coração faz escuro. Não para de chover.

Caminhos pluviais devolvem harmonias, abrandam as fogueiras, melhoram as pastagens.

Tiro do chão aromas de silêncio. Mas é preciso cultivá-los.

Caminho sob a chuva, ondas revoltas, branca espuma.

O vento move as árvores mais jovens. Gosto de ver o mar despenteado.

4

Sobre a morte das cigarras e o motor imóvel. As garras do leão. Livre-arbítrio, borboleta e tempestade. Software e cálculo integral. Termina com um verso de Mallarmé.

Não posso resumir vinte anos. Tecer amarras e balizas temporais.

Um *software* para a década de 1990? Inútil cogitar um algoritmo.

A linha de uma vida é complexa. Não há um modo retilíneo, irreversível, contra um conjunto de incerteza e digressão.

O mundo é uma teia emaranhada. Nossos passos traduzem o devir. Nenhum fato é isolado. Tudo é sistema.

Sonhar, ir ao dentista, escrever cartas. Há uma secreta solidariedade entre os fenômenos: série causal, anéis, redes sutis. A borboleta causa a tempestade.

Se puxarmos o fio, como gatos e filósofos, chegamos ao Motor imóvel, ao livre-arbítrio, ao cálculo integral. Causa e concausa: bastidores do Céu, maquinações do Demo.

Tudo em tudo.

Abandono as leituras desviantes. Exausto de nadar tão longe. Faço de tudo para abolir as cartas. Águas passadas não movem moinhos.

Eu mesmo já não sei de coisa alguma. Não me lembro do que fiz de manhã nem das mulheres que amei.

O mundo corre ao grande esquecimento.

Pobres cartas! Ai de nós! Indigestão de todos os cupins...

As pedras rugem ao bater das ondas. Morre--se um pouco mais a cada dia. E um pouco, muito pouco, se renasce.

Ouço a Morte no canto das cigarras: corre nas patas do tigre, cresce nas gorjas do tempo.

Sangue inocente derramado, gerações a fio.

Eis, em resumo, os últimos vinte, ou duzentos, anos.

Tanto faz.

Brindemos ao poeta, *solidão, recife, estrela*.

5

Sobre terremotos e baleias. Dinâmica das placas tectônicas. O calor do entardecer. Começo de febre. Ideias confusas. Impaciente com Marina.

Manter bem viva uma conversação, após a falha sísmica, não é tarefa desprezível.

Dez mil dias após o terremoto. Um solo que se move e se acomoda. Mais o primeiro que o segundo.

A teoria de Wegener sobre a deriva continental. Aposto na deriva que move nossas ilhas. Como era mesmo a teoria?

A Mata Atlântica me circunscreve. Impressiona a altura das árvores, das pedras.

A praia não mudou, desde então: cadeia alimentar, baleias, pescadores.

Morre-me o dia entre as mãos, cartas e lábios dissipados no velho ritual do entardecer.

Tão demorado esse crepúsculo. Outro não há que a este se compare. Os deuses semimortos e as rochas que se rompem. Bebem calor e deitam fogo.

Ouve-se um grito quando a noite cai. Nenhum sinal de vento e insurreição.

Os pássaros se aquietam no silêncio mineral.

Como se tudo novamente etc.

Melhor interromper, Marina, essa conversa.

Uma ponta de febre. Não sei o que digo. Flutuam as ideias.

Não tenho condições de organizá-las.

6

Preservação das tartarugas. Sobre a importância de polir as lentes. Leitura e previsão do horóscopo. Metáfora do corpo em lua cheia.

Moro isolado, entre plantas e bichos. Exilado, talvez, sob as estrelas do zodíaco. Sinto seu poderoso influxo.

Para deixar bem claro, vivo insulado, numa distância que me fere e atravessa. Não sei lidar com essas nuvens de metal.

Quando meus olhos me atendiam, jamais deixei de contemplar o céu noturno.

Sou uma carta sem envelope. Memória de uma planta, estrela ou bicho. Imagem desfocada, arranho as entrelinhas.

As lentes se apagaram, retina e telescópio. Meus olhos diminuem, mas que importa?

Tornei-me um homem perigoso. Posso perder o mundo numa ideia. Matar-me ou decifrá-la.

Já é passada a tempestade. Vinte minutos para a meia-noite. Vejo o clarão do céu noturno. A dança ritual da Lua. O vento lhe arrancou a derradeira nuvem de pudor. Conheço cada estrela.

Tão nua e desarmada a vaporosa Lua.

Trago no bolso um bilhete de adeus. Restos de pensamento, cinzas do banquete.

Enquanto não decido, bilhete e não bilhete, ouço uma voz que adensa a escuridão. Um timbre vagaroso que não passa.

Altas horas, vou deitar-me. A voz sumiu. Noite arrastada, fria, vagarosa.

Casco de tartaruga, a madrugada.

7

Elogio da calvície: o fim da Geografia. Convocação de Herodes. O tempo é relativo. Marina o considera narcisista, mas ele nega, aborrecido.

Irônico, *blasé*, autocentrado. Pois muito bem, aceito os elogios. Ainda que invertidos...

Você possui, Marina, todas as virtudes, mas não parece muito pontual.

Contei a ausência em grãos de areia e átomos dispersos.

O que são vinte anos no tempo geológico? Não passam de um minuto. Gota no mar, um quase nada, fogo-fátuo.

Mas dentro dessa gota eu me afoguei.

Perdi boa parte de meus cabelos. E decidi cortar o mal pela raiz. Até porque, em se tratando de raiz, já não havia memória ou testemunho.

Um corte de navalha, morreu a Geografia. Cabeça lisa e sem relevo. Terra livre, só por fantasmas frequentada.

Narcisista de carteirinha. Irreverente.

Herodes, um espelho!

Indago teus segredos. Deixo as mulheres pela Matemática. Não posso prever até quando: a matéria exige esforço; as mulheres, cuidado.

Não mando foto, Marina. Mesmo em baixa resolução. Difícil imaginar-me sem cabelos?

Por favor, respeite meus *bites*!

Cresceu o matagal no coração. Um bosque ressecado com espinhos. Se não chover, será um incêndio.

Não fosse a flecha da ironia e da loucura, o que seria de nós?

Amplio o meu sistema defensivo. Tente uma brecha nos muros. Use o fator surpresa, mas cuidado: acabo de dobrar as sentinelas.

Olhos de lince, quando a noite cai.

11

Da Cinelândia. A barba de Marx e os frades capuchinhos. A Scotland Yard tudo prevê. Autoelogio das linhas mal traçadas. Relógio de areia. Os cariocas não são pontuais.

A chuva acaba de dar trégua. Em vez de papagaios, maritacas.

A rádio Londres não falha.

Minha barba era ruiva, quase loura. Hoje, passou, depois do incêndio, a bosque emaranhado, com folhas sempre mais acinzentadas.

Tenho as feições de um velho capuchinho. Selva selvagem que sibila ao vento.

Sigo o provérbio com rigor: ponho as barbas de molho.

Despede-se meu rosto de menino. Que culpa tenho se *Feliz não é feliz?*

A barba avança nos escombros. Migalhas do passado. Olhar insone da manhã.

Dez mil dias, calvo e barbudo, quase cego. Leo e Pantera, no entanto, foram felizes.

Mil coisas poderia dizer. Basta uma só... As nuvens que passaram, dias de sol, noites de temporal e queda intermitente das estrelas.

Comprei cartas celestes, livros sobre gatos. Um mês na *Crítica da economia política*. Se não me engano, li quase dez vezes. Fiz barba e cabelo no velho Marx.

A volta do Messias e o sonho da Revolução. A tais extremos me entreguei. Fui derrotado, céu e terra, antes do embate.

Meu tempo começou quando te vi, nos arredores do Municipal. Foi lá, na Cinelândia, onde ajustei os meus ponteiros.

O carioca atrasa. Ser pontual é uma afronta.

Impaciente, não espero mais ninguém. Meu relógio de areia ficava na estante. Um belo dia quebrou-se.

Vinte anos: quantos grãos são necessários?

12

Mudam rádios, guerras, amores. A belle dame sans merci. Keats. Praça Quinze, Cartola, Lupicínio. Parece uma carta truncada, mas é a mesma cantoria.

Nosso passeio, antes da era glacial. Recordo como se fosse amanhã.

Esquina de um sobrado fluminense. Há muito tempo nos perdemos.

Um piano sobrenada na memória. Teclas gentis, incerta afinação. Tanto a dizer.

Luz tropical e império da beleza. Pequenas mãos, as tuas, Marina, e o preço no domínio das oitavas.

Quarto com vista, a partitura é uma janela. E que vista da baía, convenhamos!

As barcas vão e vêm da Praça Quinze. Feridas pelo canto, sangram no crepúsculo.

E, de repente, você deixa de tocar. Alvo lençol no piano, tampa e convés. Navio fantasma com nuvens de ferro, âncora leve, piano voador.

Gostamos de Mignone, das valsas de esquina. Tocamos, uma vez, a quatro mãos.

Houve também Cartola e Lupicínio. Depois não lembro coisa alguma.

O teu sorriso então me iluminava. A Guanabara se escondia nos teus olhos.

Aquela fome, em transe, pela vida.

14

A perigosa travessia da noite. Afetado por Marina. Um quadro de Bosch. Duas óperas: A Flauta Mágica *e outra, de Verdi. O sonho alquímico também.*

Uma brecha nos muros, finalmente. Palavras desarmadas, sem apelo.

Para onde me levas, densa noite? Clarão de negro sol não passa nunca.

Fosse bastante pronunciar a noite. É preciso enfrentar a travessia.

Como arrancar a pedra da loucura?

Fomos arremessados para longe, levados pela *força do destino*. Talvez adivinhasse a despedida.

Encontro-me num campo de ruínas. Preciso dos raios de sol.

Como era mesmo a ópera de Mozart?

P.S.: Sonho. Estava com meus cães dentro de um bosque. Numa clareira, a dama de olhos verdes banhava-se desnuda entre as meninas. Passo feliz, ardente, a contemplá-la.

E, de repente, me descobre. Corro depressa. Meus próprios cães me assaltam, indefeso. Ou eram gatos?

Acordo assustado.

Olhos verdes. Credores e hipotecas. Plano Cruzado e Real. Desordem econômica. Morre a democracia. Demolição da casa. Horror e glória.

Li tantas vezes seu *e-mail*. Saudade irracional, não digo de você, claro que não, mas de quem fomos, do futuro que buscávamos. Fome de mundo e de insurgência.

Hipotecamos o futuro, jovens perdulários. O último credor não negocia.

Seremos amanhã um limbo de abandono.

Plano Cruzado, Bresser e Real. Linha do tempo, mista e retorcida. Quanto custou nossa viagem a Parati?

Primeiros passos da democracia. Nossos, também, incertos, malferidos.

Gritávamos: Diretas Já!

Depois a sucessão de horror e glória.

Vamos recuperar o fio da meada — moinho ou labirinto — no qual nos perdemos. Não sei dizer se nômades ou fugitivos.

Parte de nós já não existe. Tão dispensável quanto as cartas. Guerra de todos contra todos.

Não dispomos sequer da própria sombra. Um país devastado. A casa demolida.

Teus olhos fatalmente me abandonam.

Olhos que a Morte inveja e quer roubar. Tão ávida e feroz, para depois se arrepender: a Morte nunca viu olhos tão verdes.

16

Molly e Leopold, aos pés da biblioteca. Mundo submarino. Metamorfose. Benefícios da maresia. Oportuna divisão da humanidade. Avesso e profundidade.

Tuas palavras são cardumes no vazio. Garrafa que se joga ao mar. Flutuam num domínio atemporal, fartas de imprecisão, saudosas da beleza.

A tua voz persegue os temporais. Nadamos no monólogo de Molly. Em céu azul, a tempestade de hormônios.

São líquidas palavras, turvas, transparentes.

A humanidade, para Jung, em duas se divide: quem nada em Joyce e quem se afoga.

Fazemos parte da primeira. Vamos entrar no coração da glória. Quem sabe já morremos afogados? Nos arrecifes da leitura.

Um dia fundeamos o barco entre os livros. Rosa dos ventos, iodo e sal.

O quarto luminoso se desfez e a biblioteca despencou dentro das águas.

Descemos às paredes abissais do *Ulysses*, na última fronteira além da luz.

Vimos, do avesso, do fundo, o verbo infinito de Molly, assim como seu corpo sensual.

Vimos a fiação que tudo interligava. Semântica e sintática. E não queríamos deixar o abismo líquido.

Voltamos pouco a pouco à superfície. Eurídice e Orfeu, nadávamos na luz da biblioteca.

Acho que foi no mês de junho.

Em tanto iodo e sal, ardiam nossos olhos.

17

Os dias da semana e o calendário. Por que os sábados precedem os domingos? Morte da mãe de Marina. Pequeno abalo sentimental. Alusão a Bernanos. Aviso de apagar a luz.

Frases compostas, as suas, ágeis, esbeltas. Desce a nuvem de canarinhos. Tão elegantes como as suas palavras.

Mas, de repente, num aposto, à queima-roupa, sem outras e maiores gradações, notícia triste: sua mãe morreu.

Parei, quase sem ar, olhando para o nada. Jamais considerei tamanha hipótese.

Diga os detalhes, por favor. Não prenda a Morte num aposto. Peço uma página, um parágrafo.

Peso as consequências da morte de Sara: a conta de telefone caiu; revistas e jornais perderam uma assinante; as livrarias, um sócio. O mundo se tornou segunda-feira. Perdeu o sal e a graça.

Pense nos dias da semana: quase não há mais sábados no mundo. Vão se tornando mais escassos. Os meses também se alteram.

Domingos precedem os sábados. Tão cheios de vontade, independentes. Chegam quando menos se espera.

Domingo, céu feroz, antigo inverno. Flores desnudas, monacais. Aves de lúcida plumagem.

As últimas estrelas abatidas e as vozes vaporosas do destino.

Canto secreto, que não vem dos pássaros, mas de teus pais, agora implumes, ossos brancos.

Morte e Amor.

Amor e Morte.

Eros nos convocou, antes de pressenti-lo. Deus abundante, inquieto e destemido.

A carne se confunde noutra carne. E chega à rendição dos ossos.

Antigos cemitérios sob a Lua.

Domingo visionário, tão dispensável quanto a carta.

O último a sair apague a luz.

18

A infinita Guerra de Troia. Uso da segunda pessoa do singular. Desatenção gramatical. Tratado sobre os demônios. Presença do Padre Vieira.

Bastou você voltar, das cinzas ao fogo, para eu arder numa carta sem fim.

Os *e-mails* que te envio nada são, frente aos rascunhos, censurados ou esquecidos, na caixa de saída.

Já não me importam erros ou derivas, meus e do corretor, se as linhas se apresentam bem ou mal traçadas.

Incerto nos pronomes pessoais, *tu* e *você*. Os pensamentos ígneos, de improviso. Nomes selvagens, guinadas frasais.

Língua não represada: saltos, digressões e preguiça, tanta preguiça de explicar...

Fujo da revisão, como o diabo da cruz. Não tenho tempo, assim, de arrepender-me.

As cartas parecem vazias, como o cavalo de Troia.

Que cada qual afine as próprias cordas, afrouxe as rédeas, aceite seu destino.

Perdemos as palavras essenciais. Longe de nós, morremos no silêncio. Distância na distância da distância. Porque o demônio é filho do silêncio. Antônio Vieira *dixit*.

Nosso encontro não estava escrito. Não houve um deus a decidir nosso destino, nem brilho de uma estrela promissora.

Mudo como o demônio.

Deixamos simplesmente de escrevê-lo.

19

Tempos de Marco Aurélio. Morte de uma jovem. Vida eterna das bonecas. Restos mortais. O uso da buzina dos navios. Não para de chover ao longo dessas cartas.

Não me afasto desse mundo de areia. Passam navios a distância. Uma buzina demorada os anuncia, arautos de um perdido império.

Desejo de voltar, não de partir. Ao não lugar me abraço como um náufrago.

Começa no jardim o amanhecer. Aroma de terra molhada, erótico e selvagem.

Memória da menina morta. Também à glória destinada. Tempos dos antoninos, Roma antiga. Chamou-se Crepereia.

Passaram vinte séculos, calculo, e dez mil gatos.

Havia uma boneca na urna funerária. Era, não raro, um complemento especular das virgens e vestais. E um porta-joias, a guardar brincos e anéis.

Indivisíveis, a menina e a mascote, há muitos séculos adormecidas.

Da jovem se esgarçou o fio de luz. Rasgou-se a carne e a moldura a conformá-la. As órbitas dos olhos, grandes e vazias, que imagino fossem verdes, como os teus.

Eloquente essa boneca de marfim, cujos seios repontam em pequenos brotos.

Houve uma transfusão. A jovem cedeu sua beleza ao brinquedo.

Deixou que lhe usurpasse a graça de viver. Encanta-nos o rosto artesanal, não o da jovem, caveira sem carne. Beleza transitiva, espelho inverso.

Não houve modo de casar-se. A Morte antecipou-se às núpcias. Restou somente o apetite das sombras. Uma aliança de ouro nas falanges.

A terra úmida de meu jardim. E a terra seca onde tombou outrora.

Logo se abrandam os temporais. O inverno já não deixa as praias fluminenses. Insistem os navios e as buzinas.

Promessa e contraparte. Olho teu rosto e o da jovem: cravados, ambos, no vazio.

Pudessem murmurar aqueles lábios, quem mais seria capaz de compreendê-los?

20

A memória de Deus e a jaqueira. Morte da casa e dos homens. Cartas, filmes super-8. Orlando Silva e Chico Alves. Como plantar antúrios e camélias.

Não moro mais naquela casa. Foi demolida. Não restou pedra sobre pedra. Crime perfeito, a casa assassinada.

Três dias: nosso templo desapareceu. Não pouparam os lírios e a jaqueira.

Alice nada viu, morreu antes da casa. Fugiram todos de meu campo de visão.

Ouvi-me, brancos ossos. Ouvi-me, ossos ressequidos. O desamor que move nossos olhos.

A casa não morreu dentro das cartas. Alice e a Jaqueira remanescem. Uma leitura basta: a casa e o jardim não morrem mais.

Nada mais frágil que a vida eterna das cartas. Entretanto, além delas, não há redenção...

Salvei muito papel nos mares da poeira. Como os neurônios de Deus andam exaustos, cumpri uma tarefa relevante. Aliviei sua memória *ROM*.

Estrelas morrem, casas e galáxias. Desfazem-se jaqueiras e quintais.

Mas antes do silêncio erguem um canto. Ouvimos Jânio sete cordas a responder ao coro improvisado; a voz de Lívio, entre agonia e timidez; o doutor Cláudio, ao violão, e seus vibratos, Orlando Silva e Chico Alves; Marcela e o cancioneiro popular, cantamos juntos o Azulão.

Perfume que se foi das noites fluminenses.

Foragiram do tempo, quase todos. Lívio partiu primeiro.

Depois o coro integralmente, um a um.

Acendo o projetor. Trecho de luz no super-8. A vida eterna circular. Teatro mudo, que obriga cada ator a repetir seus gestos ao infinito, enquanto luz e filme resistirem.

Como a boneca da menina morta. Casa de antúrios e camélias.

Guardei parte daquela juventude. Cheia de sonhos a cabeça, ontem e hoje, inquieta e obstinada, agora calva, tão vítima e algoz das mesmas ilusões.

Não te mostrei a praia escondida entre as rochas. Faltou paisagem.

Quem sabe faltou ousadia.

P.S.: Não me pergunte se são póstumas as cartas.

21

Herança. Direito sucessório. Sobre a mecânica dos automóveis. Trilhos da ferrovia. Estar sozinho. Beleza das árvores. Os olhos embaçados precisam de colírio.

Manhã veloz, vertiginosa, é quase meio-dia. Sou um elo entre meus pais e o nada. A montante da correnteza.

Escolho por instinto a contramão. Não paro no sinal vermelho. Não gosto de trocar um só pneu.

Por isso, a alquimia das cartas, bem diferentes de um livro ou de um filho.

Plantei muitas árvores.

Talvez devesse guardar o que sei... O que se vai perder, já está perdido...

Procuro separar o sonho do real. Não faço ideia de coisa alguma. Nem mesmo do nível de óleo.

Não saber é um bom passo. Quase uma queda para o alto!

Manhã de pura imprecisão. Memória que combina e transfigura.

Não tenho carro. Quase cego, não posso dirigir. Já me desfiz de quase tudo que guardei. Falta bem pouco, muito pouco.

Sou trilho morto, intransitivo. Se não te alcanço não me basto. Não deixo livros, árvores ou filhos. Mas nesse trânsito de cartas dou sinal. Conto com a hipótese remota de que me leias.

Faço tudo como se realmente estivesse indo embora.

E parece mesmo que estou indo.

E me vou, como se estivesse...

22

Arte da despedida. Breve menção à Lívia, prima de Celso e amiga de Marina. Morreu jovem. Diferença entre olhos negros e verdes. Giordano Bruno e Pixinguinha.

Lívia tentou, bem jovem, dar-se às ondas. Um corpo branco, longilíneo, de olhos negros.

Schumann atirou-se ao Reno, véspera de Carnaval, salvo na última hora.

Lívia também, em Niterói, quando um banhista foi buscá-la.

Como se ambos ouvissem, Lívia e Schumann, um ruidoso lá fundamental.

Os dois salvaram-se, no cerne da loucura. Depois morreram, sem saber que estavam a morrer.

Lívia mal entreviu as portas do século. Guardou sua beleza altiva e sensual. Gravei-lhe o som do clarinete cristalino. Tocava Pixinguinha.

É hoje a prova irrefutável de que viveu.

Fortíssima tensão de seu olhar. Como Judite à espera de Holofernes.

Olhos úmidos, fatais. Quem poderia beijá-los algum dia?

Marina, eu implorava o verde dos teus olhos. Como se me atirasse do Costão.

O amor seguia de queda em queda. Bem sei, causa e potência do desejo.

PS.: "Potência de todas as potências, ato de todos os atos, vida de todas as vidas, alma de todas as almas, ser de todo o ser." (Giordano Bruno)

23

Crianças escalam as portas. Darwin conheceu-lhe a casa. Não ouvirá mais Puccini. Indelicadas, as últimas palavras. Pós-escrito da tradição hermética.

Se houvesse, nessa praia, mais altura, eu lá chegara.

As pedras que me cercam são altas, façanhudas. Impulso de subir e fuga em ré menor.

Desde menino a fome da distância e descampado. Os pés na maçaneta, escalo as portas. E logo, armários, árvores, depois montanhas.

A métrica da altura está na queda. *Subi mais de 1.800 colinas.*

Canelas e joelhos esfolados. Uma farmácia em prontidão.

Borboletas no alto do morro, vida breve e sem memória!

Darwin passou no meu quintal. Foi a cavalo mata adentro.

Intuiu, contemplou, quase esqueceu-se de morrer. Mas não faltou quem o lembrasse de.

No alto da pedra, ou da página, vejo o *Beagle* — navio inglês, pequena mancha em mar aberto.

A paisagem que foi *nossa*, um dia — se me permite esse pronome — habita a *Origem das espécies*.

Darwin, é certo, nunca mais voltou. Assim como você, perdida no horizonte, a bordo de outro Beagle.

Un bel dì vedremo?

Deixei a pedra, quase noite, uma lanterna.

Não ouço mais Puccini. Não espero por ninguém.

P.S.: Hermes: "O que está em baixo é como o que está no alto, e o que está no alto é como o que está em baixo."

Sobre o trânsito. Ilha da Boa Viagem. Talvez Icaraí. Res nullius. Fragmento de uma carta suspensa.

Viagem à roda do piano e do quarto. Viagem à roda dos teus olhos, punhado de beleza, informe, passageira.

Os carros passam apressados. Depois desparecem. O Cristo Redentor e a Boa Viagem.

Os filmes super-8 na parede, escandalosamente branca e nua. *Tonight I celebrate,* uma viagem rumo ao nada.

(a carta se interrompe aqui)

Leitura à esquerda. Cita Tolstói, Napoleão. Não voltará para a Finlândia, com Lênin. Deve mudar-se porque mora longe.

Um pouco presumida. Olhar de concessão, quase um favor. Mimada, creio, além da conta e desde a infância.

Orgulho irreparável, a bem dizer. Um traço de autossuficiência.

Se você esperava tapetes e fanfarras, perdeu a viagem. Abandonei a timidez, digo o que penso, e sem rodeios.

Não há nada que me assuste. Só o medo de mim. O poço escuro da melancolia.

Olhei de frente o fim do mundo. E o que seria de nós na boca do leão. Mudei muito, Marina.

Deixei de lado o Apocalipse. Creio na eternidade do mundo sem Deus.

Parmênides e a Revolução. Trincheiras, barricadas. A Bastilha está por um triz. Hoje é o 18 de Brumário. Vamos de trem à estação Finlândia, em pleno inverno, a ler *O capital*.

Não sou um homem frio. Apenas glacial. O gelo é um fogo contrário. Arde calado na memória. Serve para cercar Napoleão.

Quase um — milagre, lemos *Guerra e paz*: "— Pierre é o meu nome. — Encantada, Natasha!"

Filhos da solidão, apagam-se os meus olhos. Cheios de sal, perdem a luz.

A maresia me abraça e me confunde. Falta bem pouco para a última estação.

Teatro do mundo.

Sou um epílogo, sem drama, aplauso e sem cortina.

O público não veio ou foi-se embora. Há muita luz.

Guerra sem paz. Pierre sem Natasha.

Moro longe. Bem longe.

Cada vez mais longe. Somos eternos.

Fim de ato (cortina).

9

Carta brevíssima. Elogio pluvial. Referência a Dante. Corte do sal para baixar a pressão.

A chuva torrencial desaba na cidade, chuva rebelde que aos males tempera, chuva que sangra a história do silêncio, mensagem de adesão e destemor.

Há muito chão dentro do chão. Um líquido destino terra adentro.

As lágrimas que descem ao Inferno.

Bebo as águas escuras, do mar e da chuva. Sinto em meu corpo a maresia e assim transformo o sal em novo sal.

Começa a aumentar a pressão.

Carta brevíssima. Sou preguiçoso e obstinado.

Ponto.

Senão, quem sabe, reticências.

Algo arrependido. Quase uma súplica. Do amor e do nada. Fantasmas, confissões, Altemar Dutra.

Escrevo por espelhos reticentes, com frases e lacunas movediças. Inúteis confissões, amores mortos.

Grito no escuro, na pressa de dizer. Saudade entre as ruínas, rosto fugidio, espera vã de um nome que me falta.

Você não esqueceu nenhum fantasma. Folgo em saber, Marina, sou um deles.

Uma canção de Altemar Dutra.

Lembra: "Sentimental eu sou?"

Não é meu caso. As aves de rapina assombram o silêncio.

Devoro as vísceras de amores idos. E as raras amizades que findaram.

Desligo o rádio quando vem Altemar Dutra.

PS.: Leitor de pássaros, sou como um áugure romano a decifrar tua mensagem. Mil canarinhos voltam ao jardim. Os pássaros dissertam na língua dos deuses.

Diz outra vez uma coisa por outra. Mensagens da Inglaterra aos aliados. Linguagem cifrada. Vacas e papagaios.

Nenhum de nós ouviu a rádio Londres.

Passou o tempo da Segunda Guerra. Bem outra e mais difusa, a guerra que nos mata.

Rádio Londres: *A chuva parou. Feliz não é feliz. Minha barba é loura. A vaca não dá leite. O papagaio é vermelho. A águia voa.*

Fim da transmissão.

Chiado. Não consigo ouvir mais nada.

Forte rumor de estática.

É o silêncio a dar a última palavra.

A propósito, como vão seus pais?

26

Um quadro de Eliseu Visconti. Jogo de espelho, analogias. Versos de Sandro Penna. Turbulência.

Um corpo branco, seminu. Os olhos negros, esfumados, como Lívia... Ainda lembra o quadro de Visconti, *Gioventù*?

Uma Gioconda cheia de segredos. Você não conseguia abandoná-la. Como se fosse um polo magnético.

Um mistério. Depois você passou a copiar seus gestos. Como se tentasse ofuscá-la.

O braço esquerdo ao colo, quase em curva. O expressivo indicador sob o queixo e a trança dos cabelos ruivos.

O quadro me ajudou a adivinhar-te. Beleza delicada e rosto sensual.

Teus olhos sabem narrativas.

Corpo branco e vento sul. O quadro se transforma num espelho.

O dia me lançou num turbilhão.

27

Descrição de objetos: válvulas, gavetas. Menção a Jean Cocteau. Pensa decerto em Heurtebise. Quase sentimental. Tudo acontece de noite. Petrarca, no final.

Anos depois, o sono me deixou. Seriam nuvens de quarta ou quinta potência.

Não havia estrela no céu, nem luz dentro de casa e arredores. Acendo a vela de Descartes. Perfeita escuridão.

Um prólogo de paz. Um hálito de luz. A treva espessa é um punhal que me atravessa.

Sinal de transição, deslocamento. Como quem deixa um luminoso cativeiro e, ao dorso da onda fria, apressa o coração.

A alma da velha casa se distende. Uma janela abre-se ao vento, rangem as portas mais pesadas. Só as gavetas permanecem mudas.

Não guardam mais segredos. E ainda que guardassem...

Não há cartas, fotos nem agendas. Não há flores nas páginas dos livros.

Adeus a tudo.

Só não dispenso a rádio Orfeu. Preciso de seus versos, lâmina mordaz.

Guardei as velhas válvulas. Não me desfiz das plantas e dos vasos.

A travessia da noite não tem volta. Estendo as mãos para o espelho.

Ouço distante a voz de Orfeu.

Bem sei que as flores são imprescindíveis. E a Morte corre a largos passos.

28

Alusão a Dionísio Areopagita. Vivemos dentro de um museu. Sintomas de cronofobia. Verso de Píndaro. O passado é órfão do presente. Não lembra mais a senha.

Frequentei um sem-número de fotos. A paisagem muda e não perdoa. Caminhamos felizes no centro do cosmos. Teu passo é firme, inabalável.

Os deuses distribuem juventude. As rochas continuam imutáveis.

Moramos num museu de história natural. Alfinetados nas vitrines. Mamíferos em plena duração.

O *sonho de uma sombra*; espessa, algo volátil: a nossa luz é escuridão.

Alguém falou da treva luminosa?

Dentro de um sonho anoiteço. A luz da pátria é nossa infância.

Não te confunda a transparência dessas águas. Dentro de mim passam correntes indomáveis.

Desconheço a direção. Soubesse de uma senha que apaziguasse a correnteza...

O agora é um índice de eternidade. Já o devir é via de escape e disfunção. Hipertrofia contra a qual luta o presente.

Marina, essa é uma estranha carta. Mais do que as outras.

Incita a compaixão entre os mortais, agora que rumino minha insônia.

Sei que o passado é órfão do presente; me faltam condições para adotá-lo.

Dançar a vida. Fotos antigas. Vantagens de quem mora em condomínio. Faltam síndicos. P. C. Roy. Leitores, bailarinos.

Não tenho dúvidas, há fotos belas, que insinuam um lirismo desarmado.

Sou eu que invoco sempre o lado escuro, de um certo mundo, à beira de acabar.

Leituras de Lucrécio, desamores. E a velha propensão ao niilismo. Eis a razão fundamental, delírio e lucidez.

Há uma foto encantadora: seu pai e minha mãe que dançam juntos.

Ela sorri, divertida. Que foi que disse?

Dançam, passeiam, incansáveis bailarinos. Deslizam com cuidado e não se apoiam, *glissez, mortels*.

A velha valsa dos patinadores. Leveza impressionante que não pude cultivar, embora patinasse bem na infância, veloz e destemido.

A vontade procura mudar o passado. Tenta, insiste, não consegue. Um toque de Nietzsche.

Retorno do eterno retorno.

Mil vezes considero as mesmas fotos. Poderia descrevê-las de cor. Não é pequena coisa, agora que meus olhos me abandonam.

Repito para mim: Não se apoiem, mortais.

E se preciso for, serei mais leve. Retiro de circulação palavras recorrentes: o nada, a Morte, abismos e fantasmas.

Posso deixar de frequentá-los algum dia.

Difícil é aprender a deslizar.

De raro em raro estou nas fotos. Já te falei de meu exílio.

Um dia você me disse que sou muitos... Eu nem fazia ideia.

O importante era saber se você gostava de todos nós.

Aqui não ia mal o algoritmo.

Cheguei eu mesmo a conhecer-nos todos?

Sou um condomínio confuso. O síndico se demitiu. O prédio é ingovernável.

Há muita gente se mudando.

Somos plurais, Marina. Plurais e bailarinos.

Portanto, deslizemos.

P.S.: São minhas essas vozes: que me indagam, enlaçam, apertam, comprimem. Polifonia da gente que me habita. Mas todos querem, buscam, sonham com você.

Propriedades do abacate. A floresta de Macbeth. Lagartas e formigas. Alice e o vira-lata branco. Efemérides. Não sairá mais da praia.

Você pergunta sobre a infância. Abro um parêntese, longe da praia. O modo de habitar-me começou naquele território.

Alta e robusta, uma árvore frondosa. Aqui reside o meu segredo.

O velho abacateiro, ao vento sibilante, ocupa a seção áurea do quintal, de folhas densas, frutos sazonados.

O verde é a matéria impenetrável. Como teus olhos que se escondem e aparecem.

As árvores são patrimônio dos meninos: escola de subir e descer, sombra-mãe, cabana e trincheira, enlace de um cãozinho branco.

Sussurra altos segredos vegetais.

A floresta de Birnam não se move. Uma árvore não faz verão. Produz uma sombra gentil. Os frutos caem como um relógio. Sabe de cada pássaro as efemérides.

Sem muro que interrompa as aventuras, o menino não para de sonhar.

Desfaz a romaria das formigas e a procissão balofa das lagartas. Incita ao sono as plantas dormideiras.

Não morrem os meninos. Concedes-lhe a vida uma impressão de eterno.

Para fugir de mil perigos, não lhe faltou Alice: ampolas e unguentos, magos e poções.

Eu me tornava, sem saber, um súdito do verde, em Rafael e no Beato Angélico.

Pensando bem, não há quem possa dominar teus olhos.

De volta à praia. Noite sem fim, sonhos perdidos. Gestos e vozes dissolventes. Todo o império de Carlos V. Tristão, Isolda e o rei Marcos. É de Vanini a frase "morrer com alegria".

A noite se despede na penumbra. Sinal discreto da barca solar.

O passo vagaroso das estrelas abriu um sulco em nosso coração.

Neblina tanta nas pedras, espécie de *fog* tropical, aos pés do morro, enquanto as castanheiras despedem-se de nós.

Aguardo a volta dessas árvores.

Uma escada de terra corta a Mata Atlântica. Profanos desconhecem a trilha.

No alto da pedra, avisto a invencível armada das baleias.

O sol nunca se põe em tanto império. Falo de ti, Marina, e não de Carlos V.

Baleias tantas, delicadas. Seguem na direção de Maricá. Solene procissão de afetos radicais.

Dizer e não dizer: a erótica das cartas. Amplio como posso o campo visual.

Presumo que se lembre (ó, líquida memória!) da onda que das pedras nos levou ao mar.

Milésimos de segundo. As águas espumavam e bramiam. Cheios de sal, os olhos e a garganta.

Hora depois, cansados, pisamos a areia. *Morrer com alegria,* pensei.

Mas éramos tão jovens...

Isolda que se entrega à onda universal.

Pobre rei Marcos. Tão tarde descobriu o desamor.

As ondas frias da Cornualha... talvez tenham morrido afogados.

Marina, por favor, destrua esta mensagem, para que os males do passado se dissipem, e a espuma se transforme numa página.

32

Carta de Marina a Celso. Fria, quase sem matéria. Não sabe da eternidade do mundo. O fecho é enigmático. Promete descobrir quem é. Parece o estilo de Celso, algo simplificado.

"A casa da praia foi demolida?!

Era tão bela e eu te imaginava lá dentro. Linda casa, lindo lugar, linda praia!

E a vista da janela era impagável!

Que momentos, Celso! Irrepetíveis. Quem poderá visitá-los novamente?

Vivem hoje em sonhos que não terminam.

Se puder, mande-me fotos ou vídeos de Alice.

Tenho por ela um profundo afeto. Lembro-me de seu sorriso, ao piano.

Com o tempo, sonhos e ideais desaparecem, mas é preciso continuar sonhando. Certas lembranças ajudam.

Desfrute das belezas que te cercam.

Não me esqueci de nada, da paisagem deslumbrante e das pessoas que marcaram minha vida.

Espero voltar algum dia.

Nada será como antes, é claro.

Mas resta sempre descobrir quem somos."

33

Igrejas de São Bento e Santo Antônio. 16 e 18 anos. A mística do encontro. Ano cósmico. Samba de Chico Buarque.

É verdade, Marina: "resta sempre descobrir quem somos."

Estava tudo lá, quando nos conhecemos. Claro. Claro. Ainda resta. E quanto! Mas agora...

16 anos, os teus, àquela altura. A meu favor, apenas dois verões: eu ingressara nos dezoito e em todos os cinemas.

Teus olhos de menina destilavam Botticelli. Tão tímida talvez. Tímidos ambos.

Fomos aos morros de São Bento e Santo Antônio. Dissemos algo escasso, imponderável. Sobre o clima, as gentes, a história.

Início do ano cósmico, Zaratustra.

Outro caminho houvesse, teríamos perdido uma ocasião. A cada encontro, o fruto de um milagre matemático. O acaso e seu mistério.

Cinco minutos mais e não seríamos quem somos. A diferença de uma quadra ou de uma esquina.

Noite vazia. O longo adeus à Cinelândia. Sem Lua. Sem estrela. Guerra de Quase e Talvez. Pierre e Natasha. Praça da Utopia e das Diretas Já.

Eu sei: anos 1980, a década perdida etc.
O céu de outrora era um espelho.
Houve canções que abriram nosso peito.
Passou nessa avenida um samba popular.
Nem tudo se perdeu.

34

Pedaços de uma carta. Quebra-cabeça e montagem. Sobre um filme de Tarkovsky. Papel transcendental da goma arábica.

Procuro teus vestígios em mundos improváveis. Digamos:

a) no terreno baldio das gavetas;

b) na agenda que perdeu a validade;

c) nas fotos inquietas de um álbum

(andorinhas em queda: sem cola, pálidas ou saturadas);

d) no velho sótão que não tenho.

Nosso passado é analógico.

A goma arábica há de salvar-nos: para que as fotos não se percam, enquanto arrumo o cosmos das gavetas.

Surpresa!

Num caderno escolar, encontro uma carta destroçada, cujos pedaços recomponho num mosaico bizantino.

Carta de amor (desesperado) que rasguei:

"...pousa nos lábios uma estrela... secreta harmonia... deserto amanhecer... teu corpo inelutável... lagoa iluminada e seios úmidos... bosque sutil... pequena morte... jogo de espelhos e palavras... teu rosto desenhado no meu peito... à mesa um copo de absinto... duas palavras e voltamos a dormir... infame precipício..."

Lembro do filme *Nostalgia*. Atravessar uma piscina com a vela acesa. Foi o que fiz ao recompor a carta decomposta.

Cheguei tarde, como o rei Marcos.
Melodia sem palavras... Comigo morrerá tanto segredo.

P.S.: Você guardou a carta original? Quem sabe possa ver o filme?
Seria inútil, hoje, a carta.
É como ver a luz da supernova: brilha ao morrer. Mudamos de endereço, é outra nossa vida.

35

Formigas breves. Beijos de Catulo. Mais uma vez a terra das gavetas. Preguiça de escrever. Tamanho de postais e leitmotiv.

Rasguei nossa correspondência com método e rigor.

Cada postal é um meteoro na gaveta. Basta-lhe a queda e deixa de brilhar.

Papel antigo, lugares-comuns, tantos postais. Tudo prometem ao partir, mas nada cumprem ao chegar.

Palavras breves, rarefeitas, as tuas, emolduradas num espaço propositadamente exíguo.

Muito barulho por nada.

Inscrições diminutas, formigas. Humor incerto. Cintila uma palavra. Um fósforo no escuro.

São como óperas vazias, nos braços irredentos do Todo.

A ibérica prudência do *se Deus quiser* e do *se tudo correr bem*. Um verdadeiro *leitmotiv*.

Terminam com *abraço afetuoso*, promessas impagáveis e *mil beijos* de Catulo.

Cartas inúteis e vazias! Abracem do não ser a eternidade!!

36

Vasos quebrados: a técnica do kintsugi. Mudança de estação. A coincidência dos opostos de Nicolau de Cusa (Giordano. Bruno, sobretudo).

É o segundo *e-mail* que te escrevo. Perdi tudo, não sei como. Preciso de um novo computador. Como se não bastassem formigas e cupins.

Obstinado, insisto e recupero apenas uma parte. "Tudo o que sobe, converge", disse o teólogo.

Leve corte nas mãos. O vaso partido, de Alice, que eu amava.

Junto os resíduos frasais. Tal como os japoneses, faço mais bela a cicatriz.

Em nosso caso, a junção dos contrários. Não falo de cartas rasgadas ou vasos partidos. Apenas de quem fomos.

Tudo que desce, diverge.

O que pensar da coincidência dos opostos?

Em nosso caso, luz e sombra, medida e desmedida, a curva e a linha mista, a vaporosa lua e o sol nascente.

Não posso reparar o irreparável.

Giordano Bruno escreveu *A ceia das cinzas*. Quando cheguei, já não havia convidados.

Fui até lá sem apetite. Não tanto pelas cinzas. Buscava o fogo adormecido.

As cinzas da reparação. Teu rosto jovem.

A nossa guerra enfim não se abrevia.

Despede-se o verão, quase nos mata.

37

Transparência, Portinari. Garrafas de Coca--Cola. Silêncio e assovio. Margem de negociação.

Antes do amanhecer, sacudo meus ossos na areia. O mundo frio no vapor das ondas, enquanto o sol desponta, bem depois, nas rochas que me vedam o horizonte.

Sem que você soubesse, caminhamos lado a lado. Não sei até que ponto lembro tua voz.

Tudo que diz e deixa de dizer. O modo, sobretudo a transparência da voz.

Como o menino e o pássaro de Portinari. Te vejo, assim, ferida, a proteger-te.

Promessa de calor. Será difícil atravessar a noite.

Garrafas de Coca-Cola. Velas acesas. Não tenho margem de negociação. Canto para assovio e acordeão.

Bem sei quem busco despertar. A voz de quem morreu, não as histórias.

A transmiti-las, antes que o silêncio me arrebate.

Como o assovio e o acordeão de nossa infância.

P.S.: Vem saber de meus abismos, agora que acabo de perdê-los. Indaga a luz que não me aclara. Derrama, enfim, lágrimas-nuvens nas terras desoladas.

Princípio de não contradição: o ser e o nada. Bicicletas são cavalos. Um quadro de Boccioni.

Pedra.

Era uma pedra imensa. Tão íngreme. Feroz, ascensional. Quase engolida pelos cactos.

Passeio de bicicleta. Voa o vestido azul. E os olhos verdes, não cactáceos, sem espinhos. Essa viagem nunca termina. Como Zenão de Eleia: Aquiles corre com a tartaruga.

A pedra não mudou. Somente os cactos. Morreu-me a bicicleta enferrujada.

Passou talvez a um quadro de Boccioni.

Anoto no diário:

"O condenado segue mais perdido. E o mais perdido segue condenado."

Logo depois:

"As garras do não ser procuram nossa pele."

Mudei, Marina, o jeito de pensar. Quantas vezes preciso repetir? Não há espaço para a Morte e para o nada.

Inúteis ilusões.

Creio na eternidade do ser. Mundo sem fim e sem Deus. Essa é a ideia que me salva.

A pedra, a bicicleta e o vestido azul. Cada qual é capítulo de eternidade.

E meu amor, como teus olhos, não se apaga.

Não há resumo para a última carta.
Porque esta é uma carta definitiva.
Porque se trata da morte de Marina.

Eu mergulhei num tempo inabordável.

Achados e perdido. A luz feroz do encontro que não houve.

Uma promessa aberta, inconclusa.

Inquieta obsessão, a despedir-se de teus olhos, que me roubaram deste chão de iniquidades.

Crisântemos esparsos. A missa em dó menor.

Marina, como Inês, é morta. Escrevo todas as cartas para ressuscitá-la. Ou para morrermos juntos. E para juntos recuperarmos a herança imprecisa do futuro. Mundo sem Deus. Com esplêndido futuro luminoso.

Vinte anos se passaram, cobertos de silêncio. Um corpo que se agrega à selva dos fenômenos.

Deu-se por fim a glória de um destino.

As aves migratórias são inquietas.

Leio as *Geórgicas*. Todo o rebanho de Virgílio pasta no quintal. Calado e sem aboio, ao sul do Atlântico.

Passada a tempestade, me afogo nos teus olhos.

Porque, Marina, os relógios não morrem.

Não se dissipa um grão de areia, nem mesmo a gota de suor no rosto perolado.

A eternidade aclara a contingência.

Ronronam os gatos de outrora.

E meus diletos cães põem-se a latir.

Poço

infinito.

Abismo

raso.

P.S. 1:

O vento segue os rumos do destino. Ardem mil corpos quando é noite. Procuram praias mais remotas e isoladas.

Como se vê, já não habito na distância.

Salvei da velha casa um vaso de gerânios.

P.S. 2:

Distância que se perde. Vaso que se encontra.

Menos incerto sobre a permanência das coisas. Todas as cartas, em princípio circular.

Dois versos de Parmênides.

"Já não me importa onde começo: hei de voltar ao mesmo ponto."

P.S. 3:

Imploro, Marina, que não morras antes de morrer.

Posfácio

Agora, que terminei de ler *Marina*, me sinto voltar ao chão. Estive voando silenciosamente nas memórias de Marco Lucchesi: suas viagens, as tempestades de areia, tendas, poemas, seus outros livros; revi Leila, a cadela Carina; sua casa, seu piano, seus desertos e constelações. E fui, durante a leitura, arrastada para dentro de minhas próprias lembranças, do afeto em minha vida, na vida de pessoas que conheço; arrastada para dentro do grande amor da juventude. Pensei nos amores que senti e no que sinto por todo o sempre. Pois este é um livro de amor.

Marina é um dos mais belos livros de amor, um moderno *Cântico dos cânticos*, em que o divino se revela através do humano. Além de se inspirar no amor entre um homem e uma mulher, *Marina* vai invocando o amor mútuo entre poeta e palavra. Amor escrito nas cartas de Celso a Marina, a um sentimento antigo, adolescente, que renasce dentro do novo coração de um novo homem. Há, agora, algoritmos, e-mails, computadores, e menções deliciosamente inesperadas, como o sentimental Altemar Dutra. Gostei de tudo isso, de como Marco Lucchesi combinou sua altíssima erudição com as coisas do dia-a-dia. *Marina* é um livro muito jovem. Teria sido o primeiro romance de Lucchesi, esboçado no final dos anos noventa, repensado, sentido novamente, que agora encontrou a sincronia com suas necessidades interiores. Um livro do feminino. O feminino para Marco Lucchesi é fundamental, no sentido psíquico mais profundo. Ele é um desses homens delicados que a Dra. Nise da Silveira dizia compreenderem a alma da mulher. E a encontrarem dentro de si.

Neste ano sabático ele está na Toscana de sua família, em Massarosa, pequenina cidade sobre uma colina e encostas, construções antigas entre árvores quase prateadas. Mora numa casa vermelha. É um homem eficaz, que cozinha, faz almoço; imagino-o preparando café e torradas com tomate, escrevendo suas palavras sopradas por deusas de alteridade, silêncios, solidão e sonhos. Ali ele terminou este inspirado livro. Ligado à universidade de Nápoles, faz traduções do turco; deve por vezes parar e passear entre campos de girassóis, de lavanda, por bosques, subir e descer colinas, com o azul do mar ao fundo. Tudo isso, toda essa paisagem calma e ancestral, está em *Marina*.

Ela é uma Gioconda cheia de segredos. Que Celso adivinha ao olhar o quadro de Eliseu Visconti, "Gioventú": a adolescente absorta, melancólica, enluarada, com o gracioso dedo tocando o queixo; um quadro que ajuda o escrevedor das cartas a pressentir a suave beleza da adolescente que ele amou. As mulheres neste livro são sagradas. Sara, a mãe de Marina, aparece já morta, e ressuscita em linhas que me deixaram apaixonada. Também me fascinei por Lívia, amiga de Marina, de olhos negros, fatais, úmidos, que morre cedo, deixando um vazio em meu coração.

Marina, acho, é construída por todas as mulheres que Marco Lucchesi conheceu e amou. E é a arte constituída por mulheres pintadas em quadros antigos: o olhar triste e irônico da Gioconda, os olhos de um verde que Giotto e Portinari não puderam pintar... Ou em personagens de romances, como a Natasha de *Guerra e paz*, "seios breves que se apagam, pequenas mãos"; no infinito fluxo de pensamentos de Molly e seu corpo sensual, em *Ulisses*, de Joyce.

E que sentenças maravilhosas o enamorado escrevedor de cartas compõe, anotei algumas: "As frases soltas formam naturezas mortas." "O tempo corre vagaroso. Depois desaba, como um caçador, obcecado em liquidar a presa." "Eu coleciono precipícios. Conheço a arte da queda." "Cresceu o matagal no coração. Um bosque ressecado com espinhos. Se não chover, será um incêndio." Ou esta obra-prima shakespeariana: "Tudo em tudo." E imagens tão sublimes, como as palavras estendidas num varal, que demoram a secar; contar a ausência em grãos de areia e átomos dispersos; pássaros que dissertam na língua dos deuses; ou o quadro que se transforma num espelho. E a comovente descrição que ele faz de sua infância: "As árvores são patrimônio dos meninos: escola de subir e descer, sombra-mãe, cabana e trincheira, enlace de um cãozinho branco." "Sem muro que interrompa as aventuras, o menino não para de sonhar." "Não morrem os meninos. Concedes-lhe a vida uma impressão de eterno."

Além do menino, muitos Marcos Lucchesis se mostram neste livro, talvez todos, e todos adoráveis: o poeta e o prosador, o altissimamente erudito e o cotidiano, o universal e o da aldeia; o astrônomo que conhece cada estrela do céu e o mergulhador das profundezas da alma; o matemático e o exegeta...

E a maior felicidade que senti ao ler este livro: a ideia de que tudo é eterno. Ele nos faz acreditar na eternidade do ser, num mundo sem fim, e sem Deus. Porque a morte vem áspera, contínua, arrastando tudo. Quem fala de amor, fala de morte. Preciso agradecer a Marco Lucchesi por esse sentimento que, por um eterno instante, me consolou de tantas perdas e saudades. Tudo é eterno.

Ana Miranda

Sobre o autor

Foto: Rafael Andrade

Marco Lucchesi nasceu no Rio de Janeiro (RJ), em 1963. Poeta, escritor, ensaísta, professor, editor e tradutor. É autor dos romances *O bibliotecário do imperador*, *O Dom do Crime* e *Adeus, Pirandello*. *Domínios da Insônia* reúne, em grande parte, sua obra poética completamente revista. Traduziu, dentre outros, Primo Levi, Umberto Eco, Rilke, Rumi, Barbu, Khliebnikov, Silesius, Juan de la Cruz. É o atual presidente da Fundação Biblioteca Nacional. Recebeu, dentre outros, os prêmios Jabuti, Pantera d'Oro, Città di Torino e George Bacóvia. Conferencista em vários países do mundo. Seus livros já foram traduzidos para mais de dezoito idiomas.

Fonte:
Georgia
Papel:
Couche 150g/m2